CATALOGUE

DES

TABLEAUX

DESSINS, GOUACHES, PASTELS,

OBJETS D'ART

BEAUX BRONZES ANCIENS

Porcelaines de Belle Qualité

DE CHINE, DU JAPON, DE SAXE ET DE SÈVRES

Composant la Collection de M. R... B..., Amateur

DONT LA VENTE AUX ENCHÈRES PUBLIQUES AURA LIEU

HOTEL DES COMMISSAIRES-PRISEURS

Rue Drouot, n° 5

SALLE N° 4

Les Vendredi 4 et Samedi 5 mai 1860

à deux heures précises

Par le ministère de Me **DELBERGUE-CORMONT**, Com.-Pris.,
rue de Provence, 8,
Assisté de **M. DHIOS**, Expert, rue Le Peletier, 33,
CHEZ LESQUELS SE DISTRIBUE LE PRÉSENT CATALOGUE.

EXPOSITION PUBLIQUE

Le Jeudi 3 Mai 1860, de midi à cinq heures.

PARIS

RENOU et MAULDE

IMPRIMEURS DE LA COMPAGNIE DES COMMISSAIRES-PRISEURS
Rue de Rivoli, 144.

1860

EXEMPLAIRE DE DHIOS

CATALOGUE

DES

TABLEAUX

DESSINS, GOUACHES, PASTELS,

OBJETS D'ART

BEAUX BRONZES ANCIENS

Porcelaines de Belle Qualité

DE CHINE, DU JAPON, DE SAXE ET DE SÈVRES

Composant la Collection de M. R.., B.., Amateur

DONT LA VENTE AUX ENCHÈRES PUBLIQUES AURA LIEU

HOTEL DES COMMISSAIRES-PRISEURS

Rue Drouot, n° 5

SALLE N° 4

Les Vendredi 4 et Samedi 5 mai 1860

à deux heures précises

Par le ministère de M° **DELBERGUE-CORMONT**, Com.-Pris.,
rue de Provence, 8,
Assisté de **M. DHIOS**, Expert, rue Le Peletier, 33,
CHEZ LESQUELS SE DISTRIBUE LE PRÉSENT CATALOGUE.

EXPOSITION PUBLIQUE

Le Jeudi 3 Mai 1860, de midi à cinq heures.

PARIS

RENOU ET MAULDE

IMPRIMEURS DE LA COMPAGNIE DES COMMISSAIRES-PRISEURS
Rue de Rivoli, 144.

1860

CONDITIONS DE LA VENTE.

Elle sera faite au comptant.

Les acquéreurs paieront, en sus des adjudications, cinq pour cent applicables aux frais.

DÉSIGNATION

DES TABLEAUX

BACKUYSEN.

1 — Marine. Mer orageuse.

BRAUWER (Adrien).

2 — Deux Buveurs.

BERRÉ.

3 — Vaches au pâturage gardées par une bergère.

BOL (Ferdinand).

4 — Portrait d'homme coiffé d'un chapeau rond.

BOUT (Pierre).

5 — Paysage avec chute d'eau ; sur la droite, une femme conduit des animaux.

DU MÊME.

6 — Paysage. Deux ânes chargés traversent un pont.

CALLOT (Attribué à).

7 — Deux Grotesques.

CASANOVA.

8 — Combat de cavaliers.

CORRÈGE (D'après).

9 — Le Sommeil d'Antiope.

DOU (D'après Gérard).

10 — Ménagère hollandaise.

ECHAULT (C.).

11 — Un Canal glacé à l'entrée d'un village.

FRAGONARD (Attribué à).

12 — Portrait de Marie-Antoinette, reine de France.
Elle est représentée en pied et assise dans le
parc de Versailles.

GÉRICAULT (Attribué à).

13 — Cheval gris pommelé à l'écurie.

GREUZE (Attribué à J.-B.).

14 — Portraits du duc de La Rochefoucauld et du
duc d'Estissac, son frère.

GREUZE (D'après).

15 — La Laitière.

DU MÊME.

16 — Le Baiser rendu.

Ces deux tableaux sont de charmantes reproductions du s au pinceau d'un habile artiste.

HOBBÉMA (Attribué à).

17 — Paysage avec moulins.

HOLBEIN (D'après).

18 — Portrait de Jeanne Seymour.

HOOG (Attribué à Pierre de).

19 — La Ménagère hollandaise.

HUET (J.-B.).

20 — Paysage avec moulin.

HULK.

21 — Marine. Mer calme.

DU MÊME.

22 — Marine. Mer agitée.

(Pendant du précédent.)

JEAURAT.

23 — Jeune Ménagère revenant de faire des provisions.

POTTER (Attribué à P.).

24 — Paysage avec animaux. Une Femme trait une
vache.

LAJOUE.

25 — Intérieur d'un parc orné de jolies figures.

LANTARA.

26 — Paysage (effet du matin).

DU MÊME.

27 — Paysage (effet du soir).

(2 pendants de forme ovale.)

LARGILLIÈRE.

28 — Portrait de Regnard, auteur comique.

LEDUC (JEAN LE).

29 — La Partie de musique, scène d'intérieur.

LEPRINCE (J.-B.).

30 — Les Joueurs de boule.

LUNDENS.

31 — L'Essai de la pantoufle. Jolie scène d'intérieur.

MIÉRIS (D'après FRANÇOIS).

32 — La Toilette.

OSTADE (D'après Adrien van).

33 — Le Buveur galant.

OUDRY (J.-C., 1761).

33 — Canard et Lièvre pendus par la patte, entourés
de divers accessoires.

(2 pendants.)

PINACKER.

34 — Paysage animé de figures.

PORBUS (F.).

35 — Portrait en pied de la grande-duchesse Marie,
gouvernante des Pays-Bas.

RAPHAEL (D'après).

36 — La belle Jardinière. Jolie copie.

RAVESTEIN (Van).

37 — Portrait d'homme.

ROQUEPLAN (Camille).

38 — Une Plage.

REGNAULT.

39 — Intérieur de famille.

DU MÊME.

40 — Le Maître d'école.

ROTTHENNAMER.

41 — Le Christ portant la croix.

RUYSDAEL (Salomon).

42 — Bord de rivière avec pêcheurs retirant leurs
filets.

STELLA (Jacques).

43 — Nymphes et Amours.

STRY (Van).

44 — Paysage avec animaux.

MENAGEOT (F. G.).

45 — Le Premier pas de l'Amour.

Tableau peint à Rome par Ménageot, qu'il reproduisit plus tard
en grand et qui lui valut un prix de 3,000 fr.

TERBURG (D'après Gérard).

46 — Une jeune Femme, en robe de satin blanc, joue
avec un perroquet ; à ses pieds, un chien.

VANLOO (Carle).

47 — La Peinture sous les traits d'une jolie femme
tenant une palette et des pinceaux.

VERBOECKHOVEN.

48 — Paysage avec moutons, agneaux, poules et coq.

VERBOECKHOVEN et VERWÉE.

49 — Paysage avec un cavalier sur une route.

VERNET (Joseph).

50 — Vue des Cascatelles de Tivoli ; sur la droite, groupe de jolies figures.

VLIEGER (Simon de).

51 — Marine. Sur le bord d'une plage, des bateaux pêcheurs déchargent du poisson.

WATTIER (Émile).

— La Fontaine d'amour.

DU MÊME.

— Tête-à-tête dans un parc.

WÉENIX (J.-B.).

54 — La Diseuse de bonne aventure. Jolie composition de dix figures groupées près d'une fontaine.

WYNANTS.

55 — Paysage avec ruines ; sur le premier plan, un homme et une femme cheminent.

WYNANTS (D'après).

56 — Entrée d'un bois.

DESSINS

Gouaches, Aquarelles et Pastels

BOUCHER (F.).

57 — Paysage.
(Pierre noire rehaussée de blanc.)

BREUGHELS.

58 — Quatre petits Sujets religieux.
(Peintures sur cuivre.)

CARLE MARATTE.

59 — La Naissance du Christ.
(Plume et bistre.)

DEMARCENAY.

60 — Paysage (Effet du soir).
(Encre de chine.)

DIRCK MAAS.

61 — Paysage et cavalier.
(Sépia.)

DECAMPS.

— Barque turque.

GRANVILLE.

— Soirée au château.
(Plume.)

ISABEY (Père).

+ 64 — Portrait de Bernadotte
(Estompe.)

LEYDE (Lucas de).

65 — Scène historique.
(Plume et encre.)

LAWREINCE.

+ 66 — Le Concert d'amateurs.
(Peinture sur verre.)

LALLEMAND.

— 67 — Sortie d'un village.
(Aquarelle.)

LEPRINCE (J.-B.).

+ 68 — Une Femme et deux enfants.
(Aquarelle.)

LANTARA.

+ 69 — Paysage.
(Mine de plomb.)

MICHEL-ANGE.

+ 70 — Tête d'étude.
(Plume.)

MALLET.

+ 71 — Les Soins maternels-
(Gouache.)

DU MÊME.

+72 — Les Apprêts.
(Gouache.)

MOITTE.

+ 73 — Deux Frises: le Baptême et la Communion.
(Encre de chine.)

NORBLIN.

+ 74 — La Fête des foins.
(Bistre rehaussé de blanc.)

NICOLLE.

+ 75 — Vues d'Italie.
(Aquarelles, 2 pendants.)

DU MÊME.

+76 — Maison italienne.
(Aquarelle.)

OUDRY.

+77 — Intérieur de parc.
(Pierre noire rehaussée de blanc.)

POLIDORE DE CARAVAGE.

+ 78 — Descente de croix.
(Plume.)

REDOUTÉ.

+ — Fruits et Fleurs dans une corbeille.
(Dessin colorié sur velours blanc dans un riche cadre en chêne
sculpté.)

REYNOLDS.

80 — Têtes d'enfants.

(Pierre noire et sanguine.)

Van der MEER (Le jeune).

81 — Paysage.

(Encre de chine.)

Van der BURGH.

82 — Paysage avec chaumière.

(Aquarelle.)

VIGÉE-LEBRUN (Mme).

83 — Portrait de Louis XVII.

(Très-beau pastel.)

VERBOECKHOVEN.

84 — Un Ane, trois Moutons et un Agneau dans un paysage.

Dessin à la plume provenant de la vente de P. Delaroche.

ÉCOLE FRANÇAISE.

85 — Jeux d'enfants.

(2 pendants, encre de chine.)

85 bis — Embarquement pour Cythère

(Gravure d'après Watteau, par Tardieu.)

OBJETS D'ART

Porcelaines de Chine, du Japon, de Saxe
de Sèvres et autres.

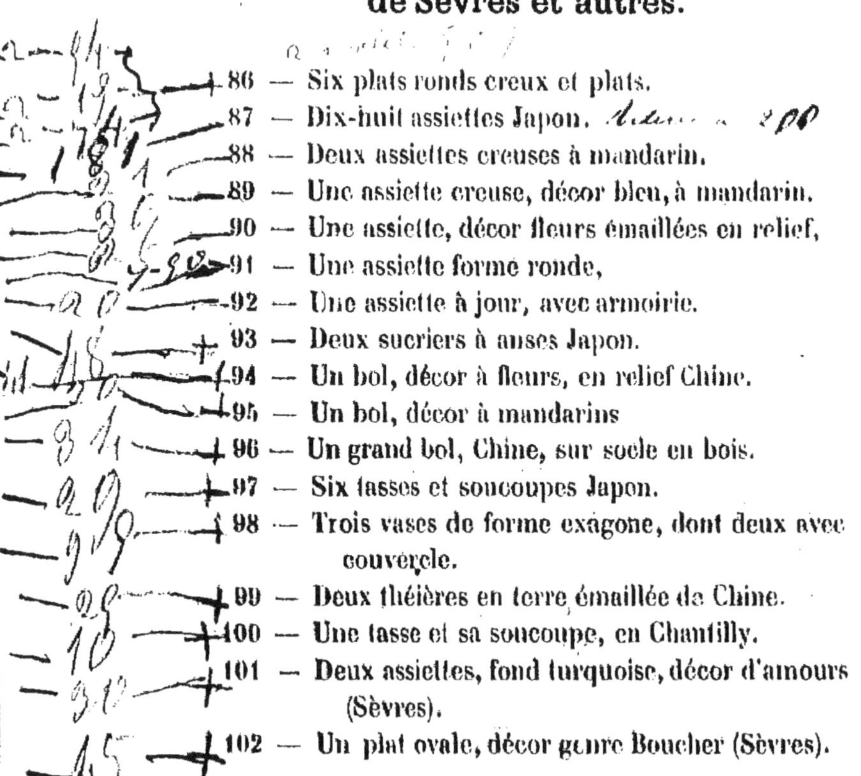

86 — Six plats ronds creux et plats.

87 — Dix-huit assiettes Japon.

88 — Deux assiettes creuses à mandarin.

89 — Une assiette creuse, décor bleu, à mandarin.

90 — Une assiette, décor fleurs émaillées en relief,

91 — Une assiette forme ronde,

92 — Une assiette à jour, avec armoirie.

93 — Deux sucriers à anses Japon.

94 — Un bol, décor à fleurs, en relief Chine.

95 — Un bol, décor à mandarins

96 — Un grand bol, Chine, sur socle en bois.

97 — Six tasses et soucoupes Japon.

98 — Trois vases de forme exagone, dont deux avec
couvercle.

99 — Deux théières en terre émaillée de Chine.

100 — Une tasse et sa soucoupe, en Chantilly.

101 — Deux assiettes, fond turquoise, décor d'amours
(Sèvres).

102 — Un plat ovale, décor genre Boucher (Sèvres).

103 — Un sucrier en Saxe.

104 — Une théière ornée de chimères, Chine, belle
qualité.

105 — Un sucrier en Saxe.

106 — Quatre tasses et leurs soucoupes en vieux Saxe,
avec décors genre Watteau.

107 — Deux idem, décors à fleurs et paysage (Saxe).

108 — Une théière, fond jaune, décors en camaïeu
(Saxe).

109 — Un pot à lait, fond noir, décor à mandarin
(Chine).

110 — Deux tasses pareilles, avec soucoupes couleur
mauve (Japon).

111 — Une tasse et soucoupe vieux Japon.

112 — Un déjeuner composé de cinq pièces, porcelaine du Dauphin.

113 — Un plat de forme ovale et à jour, faïence de
Bernard Palissy.

114 — Une salière en pâte tendre, décor à ornements
bleus.

115 — Deux seaux en porcelaine de Chine, fond bleu,
décor à fleurs (montés en bronze doré).

116 — Deux cornets en Japon montés en bronze doré.

117 — Un porte-bouquet,   id.   id.

118 — Une jardinière porcelaine de Chine, décors à
mandarins et monture en bronze doré.

119 — Deux jardinières, céladon bleu et blanc, an-
cienne qualité, monture en bronze doré.

120 — Deux petits vases, ancien craquelé, montés en
bronze doré.

121 — Un vase, ancien craquelé, avec branchages émaillés et monture en bronze doré.

122 — Une grande cruche, faïence italienne.

123 — Deux cornets bleus, monture en bronze.

124 — Deux pots à tabac, Japon.

125 — Un Mandarin, belle qualité de Chine

126 — Une figurine, Chine.

127 — Un petit pot à anse et couvercle, Saxe.

128 — Une corbeille à jour, Chine.

129 — Un pot en grès de Flandre.

130 — Deux grandes statuettes en porcelaine de Saxe.

131 — Une statuette : la Madeleine en prière.

BRONZES

132 — Deux beaux bustes de femmes, époque Louis XIV, sur socle en albâtre oriental.

133 — Une statuette de Vénus, bronze italien, sur socle en marbre vert de mer.

134 — Une autre statuette, Vénus, sur socle en marbre vert de mer.

OBJETS DIVERS

135 — Une petite chaise Louis XIII, en chêne sculpté, couverte en tapisserie au petit point.

136 — Un guéridon en chêne sculpté, monté d'un plat en porcelaine de Chine.

137 — Une cassette en bois ornementée d'émail.

138 — Une tabatière en argent, dessus émaillé.

139 — Un miroir à bizeau avec cadre sculpté et doré.

140 — Un petit meuble en bois rose garni de bronze, à porte vitrée.

141 — Un secrétaire Louis XIII, marqueterie de bois.

142 — Un brûle-parfums en bronze doré, époque Louis XVI.

143 — Un guéridon en chêne sculpté.

144 — Deux plaques émaux de Limoges avec cercles en cuivre ciselé et doré.

145 — Deux vases en albâtre oriental avec cuivres dorés. Époque Louis XVI.

146 — Femme couchée, terre cuite. Attribué à Clodion.

147 — Quelques objets d'art et meubles anciens.

RENOU et MAULDE, imprimeurs de la Compagnie des Commissaires-Priseurs, rue de Rivoli, 144.　　　10114